LA

POÉSIE ET LA MUSIQUE

OU

Racine et Mozart.

ÉPITRE

A M. VICTOR S......R,

DILETTANTE.

Par A. Cordellier Delanoue.

PRIX : 1 fr. 25 c.

PARIS,

LIBRAIRIE DE PEYTIEUX,

GALERIE DELORME, Nᵒˢ 11 ET 13.

1824.

POÉSIE ET LA MUSIQUE

OU

Racine et Mozart.

ÉPITRE

A M. VICTOR S.......R,

DILETTANTE.

Par A. Cordellier Delanoue.

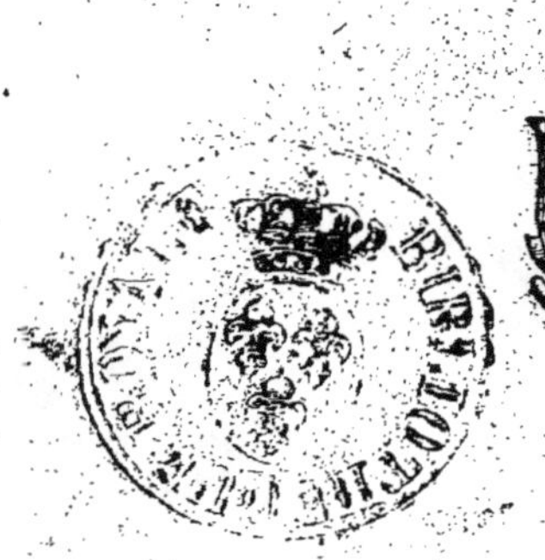

PARIS,

LIBRAIRIE DE PEYTIEUX,

GALERIE DELORME, Nᵒˢ 11 ET 13.

1824.

PARIS. — DE L'IMPRIMERIE DE RIGNOUX,
rue des Francs-Bourgeois-St.-Michel, n° 8.

LA POÉSIE ET LA MUSIQUE

ou

RACINE ET MOZART.

En préférant sans cesse Euterpe aux autres Muses,
Je le dis à regret, mon ami, tu t'abuses;
Ce qui n'est pas musique est peu goûté de toi;
Mais la mode est ton guide, et l'engoûment ta loi.
　Naguère, il m'en souvient, nous parlions de Racine,
De ce dieu si connu par mainte œuvre divine;
Tu me disais : « Mozart est aussi grand que lui !»
— Ce mot blasphémateur est encore aujourd'hui
Gravé dans mon esprit : il l'indigne, il le blesse!..
Tu dis plus : immolant Racine à la déesse
Qui préside aux accords et qui reçoit les vœux,
Tu soutins qu'il était beaucoup plus glorieux
De tracer du don Juan la savante harmonie
Que d'écrire les vers dont brille Iphigénie !..
　O mânes d'un grand homme! ô Melpomène! ô cieux!
Avez-vous entendu ces mots audacieux ?
O soleil, dont Racine a fait parler la fille !
Retire les clartés dont ton noble front brille!
Dieu des Juifs! ce discours réclame ici ton bras!
En attaquant Racine, il attaque Joas!..
　Oui, Victor, oui, l'excès en tout n'est plus qu'un vice;
Il faut tout balancer, peser avec justice.
D'un arrêt trop léger prévoyons mieux l'effet;
Il fait rire aux dépens de celui qui l'a fait;

Il excite d'autrui la maligne colère...
Pour commenter Corneille, il faut être un Voltaire.
Que l'exaltation ne nous porte jamais
A contester d'un nom la gloire et les succès,
A nous faire d'un seul le soutien et l'apôtre,
A vanter ce grand homme au mépris de cet autre.
Ne précipitons point ; parlons moins, jugeons mieux :
Sans cesse il faut trembler quand on parle des dieux !

Mais je veux te prouver, à toi, qui n'imagines
Rien que récitatifs, grands airs et cavatines,
Toi qui vas à Louvois crier tous les deux jours :
« Bravo ! Brava ! Bravi ! ma Pasta ! mes amours ! »
Je veux te prouver, dis-je, avec force méthode,
En dépit des grands airs, en dépit de la mode,
Et bravant des bouffons l'impuissante clameur,
Qu'un bon poëte est plus qu'un bon compositeur.

La poésie, ami, se soutient d'elle-même ;
Quoique seule, on l'admire, on la recherche, on l'aime,
On se plaît à ses sons, à ses divins transports...
Car, ainsi que les chants, les vers ont leurs accords ;
Ils modulent de même, ils ont leur harmonie ;
Leur cadence, au besoin, hâtée ou ralentie ;
Tantôt leurs pieds égaux imitent, en sautant,
Le monotone bruit que tinte un lourd battant,
Ou celui du moulin, dont la meule ouvrière
Écrase, en gémissant, la graine nourricière ;
Tantôt c'est d'un oiseau le doux gazouillement
Ou du tigre cruel l'affreux rugissement ;
On entend tour à tour on s'imagine entendre
Le murmure des eaux, le son d'une voix tendre,

Le sifflement des vents, leurs fureurs, leurs efforts,
Les longs cris des vainqueurs, le râlement des morts.
   C'est ainsi qu'à son gré, dans sa marche parfaite,
Sait gémir, sait jouer, sait rugir le poëte ;
Tout se peint dans ses vers comme dans un tableau,
Ainsi que Raphaël, il choisit le vrai beau,
Le beau de la nature, admirable, infinie!...
Il soumet l'univers aux lois de son génie,
Et tandis qu'entouré de cors et de bassons,
Le froid compositeur, s'épuisant en vains sons,
S'efforce de le suivre, et court après sa trace,
Lui, se perd dans les cieux surpris de son audace!
   Je sais que les beaux vers subjuguent mieux nos cœurs
Quand la musique y joint ses accords séducteurs ;
Tu le dis ; j'en conviens ; notre oreille apprécie
Avec plus de plaisir la belle poésie,
Quand des attraits du chant ses attraits sont ornés ;
Ensemble ils savent plaire à nos sens étonnés ;
La naïve chanson qui plaît tant à Colette
Nous semble plus jolie encor sur la musette ;
Homère aux Grecs chantait son poëme divin,
Et l'on peint Apollon une lyre à la main ;
Orphée aussi chantait à l'Achéron avare !...
   Oui, Victor, je le sais ; mais aussi qu'on sépare
La musique et les vers, et l'on verra fort bien
Que, sans l'aide des vers, la musique n'est rien :
Elle est comme le fard qui colore une belle ;
Il ne séduit pas seul, il ne plaît que sur elle ;
Tandis que la beauté plaît avec ou sans art ;
Elle est belle fardée, elle est belle sans fard.

On peut voir quelquefois sur la mer agitée,
Par les vents en courroux sans cesse tourmentée,
Une voile soudain se rompre en maints lambeaux,
Quitter la vergue altière, et tomber dans les eaux ;
Le vaisseau fugitif, sans songer à sa perte,
Avec non moins d'orgueil fend la plaine déserte ;
Un aussi faible échec ne saurait l'arrêter,
Et sans beaucoup d'efforts, il peut le surmonter ;
Superbe, il rase l'onde, et sa démarche fière
Est celle d'un géant debout dans la carrière ;
Le vaisseau sans la voile est toujours un vaisseau,
Et la voile sans lui n'est jamais qu'un lambeau ;
C'est attachée au mât qu'elle plaît à la vue ;
Alors par le zéphyr légèrement émue,
Elle agite ses plis, se gonfle doucement,
Et sur la vaste mer guide le bâtiment.

Ainsi la poésie, en sa marche assurée,
De l'accompagnement peut être séparée,
Sans que d'un vers coulant, sublime et bien senti,
Le pouvoir soit moins grand, ou l'effet amorti ;
Il ne perd, restant seul, ni son feu ni sa force ;
Mais la musique doit redouter ce divorce ;
Elle doit éviter un tel isolement
Qui lui ravit son charme et tout son mouvement.

A ce jugement brusque, ici tu te récries :
« Eh ! quoi, dis-tu, don Juan et ses ardeurs impies,
« Le commandeur mourant et ses gémissemens,
« Du gai Leporello les plaisans mouvemens,
« Tout n'est-il pas rendu par ce passage unique,
« Ce chef-d'œuvre divin de la scène lyrique,

« Chef-d'œuvre du sublime et limite de l'art,
« Que l'on crut introuvable, et que trouva Mozart?
« Il t'appartient vraiment, toi, rimailleur imberbe!.. »
— Pardon ; oui, j'en conviens, cet endroit est superbe!
Il enchaîne l'oreille et l'admiration;
Il parle ; il dépeint tout... quand on voit l'action !

Oui, jette les hauts cris, si tu veux ; je persiste;
L'orchestre sans la scène est pour moi chose triste ;
Un motif frappe en vain mon organe attentif,
Si je ne connais pas le *motif* du *motif*...
Pour ce singulier goût qu'importe qu'on me drape?

Un homme en un concert donné, je crois, chez Pape,
Écoutait en silence, et sans dire bravo,
Un des plus beaux endroits du fameux *Otello*;
Quelqu'un de ses voisins hasarda de lui dire :
« Mais vous n'admirez point comme chacun admire!
« Êtes-vous insensible à l'élan général
« Qu'excite ce concert ? — Tout cela m'est égal!
« —Comment, vous est égal! se peut-il? Quoi ! votre âme
« Est sourde au désespoir d'Otello qui s'enflamme?
« La pauvre Desdemone et ses cris de douleur
« N'ont pas d'un vif chagrin rempli tout votre cœur?
« De quels cris parlez-vous? répond l'homme insensible.
« Mais ici je ne vois rien que de très-paisible ;
« Desdemone avec nous n'a rien à démêler,
« Et je ne sais de quoi vous me voulez parler !...
« —C'est du concert, Monsieur, qu'en ce moment je parle.
« — Mais le concert n'a point d'*Otello* ni de *Charle* !
« Je n'entends point de cris; je n'entends que le son
« Des violons, des cors, du fifre et du basson! »

(8)

Vantez après cela la *langue musicale* !...
Ce trait m'en rappelle un, à coup sûr, qui l'égale ;
Le voici. Deux amis allaient chez un traiteur.
Le premier de musique était grand amateur,
L'autre était du dessin un partisan fidèle ;
Tous deux jeunes et fous, mais amis sans modèle.
Ils firent un pari ; l'amateur prétendait
Qu'avec ses instrumens partout on l'entendrait ;
L'autre, sûr de gagner, soutenait le contraire...
L'épreuve du dîner va décider l'affaire.
Le garçon, averti du pari fait entre eux,
Regarde l'amateur en ouvrant de grands yeux.
Celui-ci prend sa basse, il prélude et demande
En musique un biffteck, seul plat qui l'affriande ;
Il s'évertue en vain ; en vain mugit l'archet,
Le garçon reste ferme et droit comme un piquet.
Perdant presque l'espoir, l'amateur en cervelle
Sur le macaroni porte sa chanterelle ;
Mais il a beau filer des sons gais et brillans,
A beau dire au garçon : Mon ami, tu comprends ?»
Celui-ci ne dit mot, ne bouge pas de place.
Enfin : —«Tu vois, mon cher, ton talent nous menace
« De partir sans dîner, dit le dessinateur ;
« Et pour ne pas dîner, je suis ton serviteur !
« Dorénavant au moins souviens-toi, je te prie,
« De ne jamais venir avec tant d'harmonie ;
« Demander en musique est le premier moyen,
« Chez un traiteur surtout, pour n'avoir jamais rien.»
Je pense comme lui ; je dis que la musique
A séduire l'oreille et s'adonne et s'applique ;

Mais que jamais ses sons, gais, tristes, doux ou forts,
N'ont su manifester nos pensers au dehors;
Les mots, les mots eux seuls peuvent nous faire entendre:
Ils savent nous charmer, prononcés d'un air tendre;
Ils savent nous remplir d'émotion, de feu,
Prononcés par Rousseau, dictés par Montesquieu!...
Mais combien plus encor recèle de vrais charmes,
Fait éclater de ris, fait ruisseler de larmes,
Cet art, cet art connu chez cent peuples divers,
L'art frivole et divin, l'art sublime des vers!
Non, rien n'est comparable à ce brûlant délire
Qu'éprouve le poëte, et que sa verve inspire!
Il nous plaît, nous distrait, nous subjugue, et soudain
Nous ravit hors de nous jusqu'au séjour divin!
Il entraîne, il commande, il persuade, embrase
Et nous fait, malgré nous, monter sur son Pégase.
Ainsi que cet enfant qui, dans les champs de l'air,
Suivait, sans le vouloir, l'aigle de Jupiter,
En dépit de moi-même, au séjour des orages
J'accompagne l'auteur dont je lis les ouvrages;
De mon cœur Millevoye arrache des soupirs;
Ce cœur du gai Chaulieu partage les plaisirs;
Lorsque je lis Bernard, l'Amour en moi lutine;
Je sens couler mes pleurs quand je lis Lamartine;
Et si de Casimir ma main tient les écrits,
Je sens qu'avec transport je chéris mon pays!...

   Dis-moi, Victor, cet art dont je te vois l'apôtre,
D'une sensation conduit-il dans une autre?
Pénètre-t-il le cœur de sentimens divers?
Non! il n'a pas ce droit, qui n'appartient qu'aux vers!

Il ne peut pas, comme eux, à la race future
D'un objet adoré transmettre la peinture,
Parler de ses amours aux siècles à venir,
Et des peuples charmés dicter le souvenir !
Ce droit si glorieux est celui du poëte ;
De ses amours touchans sa muse est l'interprète ;
Il instruit l'univers de celle qu'il aima ;
Il dit comme elle fut, comment il la nomma.
Tibulle soupirait aux genoux de Délie ;
Catulle célébrait le moineau de Lesbie ;
Pétrarque de Vaucluse, avec Laure, autrefois
Buvait les douces eaux et parcourait les bois ;
Et même, de nos jours, chaque amant pleure encore
Du séduisant Parny la douce Éléonore !...
Bertin fait regretter Eucharis qui n'est plus ;
Amans, lisez leurs vers, et vous serez émus !...
Si vous êtes touchés, si la triste élégie
Porte dans vos esprits cette mélancolie
Qu'on ne peut que sentir, qu'on ne sait exprimer,
Vous êtes sûrs de vaincre, et vous savez aimer !...
    Peut-être des beaux vers vous avez le génie ?
De celle qu'en secret votre cœur déifie
Célébrez la douceur, célébrez la beauté ;
Du tribut de vos vers son amour est flatté ;
Une femme toujours voit avec complaisance
Le poëte amoureux qui l'adore et l'encense,
Ou qui, sur divers tons s'accordant tour à tour,
Chante Vertumne et Mars comme il chanta l'Amour !
    Une reine autrefois, aussi sage que belle,
Parcourait son palais, quand soudain auprès d'elle,

Un poëte endormi, connu par sa laideur,
Attire de ses yeux un regard protecteur;
Légère, elle s'approche, en s'inclinant le touche,
Et dépose en silence un baiser sur sa bouche;
Ses courtisans l'ont vue, et tous de s'étonner!...
« Ce que je fais ici ne peut s'imaginer,
« Dit-elle; mais ses vers sont doux comme les roses;
« La bouche qui pour moi dit tant de belles choses
« Est digne que la mienne y dépose un baiser;
« Un prix si bien acquis ne peut se refuser! »
    Voilà ce que jamais n'obtiendra la musique.
Le poëte est armé d'un talisman magique;
Je sais, mon cher Victor, que le compositeur
Sait aussi d'un objet apprivoiser le cœur;
Mais cette émotion n'est que bien passagère!
Elle s'enfuit ainsi que la flèche légère....
De vains sons dans l'esprit ne sont point conservés,
Et les vers dans le cœur restent toujours gravés.
    Mais ce n'est point encore assez pour te convaincre:
Par quelques derniers traits essayons de te vaincre.
    Faut-il, pour t'atterrer, te tracer les fureurs
Qui divisent entre eux tous nos compositeurs?
Eh bien! je vais le faire, et jeter dans ton âme
La terreur et l'effroi!... je veux que ta voix blâme
Cet art qui reçoit seul ton exclusif encens;
Je veux t'épouvanter de souvenirs récens.
    Mozart des Amphions méritait la couronne;
La gloire la tressa, la gloire la lui donne;
Mozart triomphe! à peine il est à son départ,
Et ses pas ont franchi les limites de l'art!...

L'Europe, qu'il étonne, et le voit et l'admire!
Vienne en son sein, reçoit cet enfant de la lyre...
Là, Mozart chante encor... mais bientôt... il n'est plus!
La mort l'enlève aux arts, aux artistes émus!
De cette fin précoce on recherche la cause!...
Sur nul soupçon fondé l'esprit ne se repose :
Cependant succomber à la fleur de ses ans!
Mourir à peine âgé de trente-deux printemps!
Finir dans les tourmens d'une lente agonie
Un destin si brillant, une si belle vie!
Ah! tout confond l'esprit qui se perd en soupçons;
Du pouvoir de la mort tout offre les leçons!...
    Mais à l'œil effrayé la vérité vient luire :
Du secret trop caché le voile se déchire!
Saliéri, couché sur le lit de la mort,
Ne peut plus retenir les accens du remord!...
Il dit avoir voulu... (forfait épouvantable!)
Tarir du grand Mozart la gloire intarissable!
« O mânes de Mozart! s'écrie avec effroi
« L'assassin expirant, je meurs, pardonnez-moi!
« Des souvenirs rongeurs m'ont suivi... je succombe!
« Je confesse mon crime aux portes de la tombe!
« Oui, c'est moi qui tranchai des jours si glorieux :
« C'est moi qui préparai le breuvage odieux!...
« Et ma tremblante main, d'un tel crime étonnée,
« Présenta lâchement la coupe empoisonnée!
« Mais j'ai bien expié ce noir assassinat;
« Des remords dans mon cœur j'éprouvai le combat,
« Et je rends grâce au ciel dont la douce clémence,
« En terminant mes jours, va finir ma souffrance! »

Il dit, et meurt; son âme en l'éternelle nuit,
Sans regrets, non sans crainte, en s'exhalant s'enfuit.
Eh bien! que diras-tu, Victor? ton œil contemple
Des haines de ton art l'épouvantable exemple!
Réponds! Vit-on jamais de semblables noirceurs
Chez ceux qui d'Apollon cultivent les douceurs?
Non, la haine chez eux ne fut jamais si forte :
Je sais bien que parfois, entre auteurs on s'emporte,
Mais c'est en traits malins, c'est en brillans éclairs
De génie ou d'esprit qu'ils critiquent leurs vers;
Si mieux que vous un tel a le défaut d'écrire,
Vous vous vengez de lui par un trait de satire,
Ou vous le surpassez, s'il se peut; mais jamais
Vous ne souillez vos mains du plus noir des forfaits :
Les fastes éclatans de notre poésie
N'ont point d'exemple encor d'une telle infamie.
Au sud-ouest de la France, il existe un pays
Connu pour son beau ciel et pour ses beaux débris,
La langue qu'on y parle est une mélodie;
C'est le pays natal de la douce harmonie;
Cette terre en son sein nourrit mille chanteurs;
C'est elle qui forma tant de compositeurs;
C'est là qu'un dur parent s'épuise en sacrifices
Pour donner à l'état... de bonnes cantatrices!...
Ce pays est celui du fameux Rossini,
Des absolutions, et... du macaroni.
Les heureux habitans de cette heureuse terre
Sont, direz-vous, contens, gais, bons...Tout au contraire!
Ces hommes sont pervers; ces hommes sont cruels;
Tout le jour à genoux au pied des saints autels,

Ils vont guetter le soir, affamés de vengeance,
Celui qui leur a fait la plus légère offense;
Du stylet assassin ils lui percent le flanc,
Et leurs bras meurtriers se baignent dans son sang!
Voilà les habitans de l'heureuse Italie,
La terre des beaux-arts et de la *mélodie!*...
    Mais peut-être vas-tu me parler des honneurs
Qu'en tout temps on rendit aux grands compositeurs.
Grands honneurs, en effet, et dignes de mémoire!...
Je veux, pour te confondre, ouvrir ici l'histoire :
    Vois-tu Lacédémone et ses vaillans guerriers?
Leurs fronts sanglans, poudreux, sont couverts de lauriers;
La palestre, le disque, exerçant leur adresse,
De leurs membres nerveux entretient la souplesse :
Timothée apparaît une lyre à la main;
Il s'avance, il s'accorde, il prélude... et soudain
Cette ardente jeunesse, espoir de la patrie,
Qui, tout à l'heure encor, se montrait aguerrie,
Oisive maintenant, ne tourne ses esprits
Que vers l'amour, la danse, et la joie et les ris...
L'archonte, en frémissant, apprend tout... il s'élance
Au milieu du conseil qui l'écoute en silence :
« Vieillards, dit-il, vieillards! nos malheurs sont comblés!
« Les décrets de Lycurgue aux pieds tombent foulés;
« Sparte n'est plus; son sein est plein de Sybarites
« Qui méprisent les lois par vous-mêmes prescrites;
« Un joueur d'instrumens est entré dans nos murs;
« Nous sommes dégradés jusqu'aux siècles futurs;
« Une ressource reste, et doit être tentée;
« Sauvons Lacédémone ! en chassant Timothée,

« Sparte aura dans son sein, asile des vertus,
« Un histrion de moins, des citoyens de plus! »
    — L'assemblée applaudit à ces mots qu'il prononce,
Et la voix du héraut à tout le peuple annonce
Que des augustes murs Timothée est chassé.
Il part, et la mollesse à l'instant a cessé;
L'honneur est reconquis ; Sparte est ressuscitée !
    Que faisait cependant le poëte Tyrtée?
Couronné de lauriers, par ses mâles accens
Il exaltait les cœurs des soldats menaçans,
Et d'honneurs entouré, d'Apollon digne émule,
Il guidait aux combats les descendans d'Hercule !
    Eh bien, Victor, eh bien! dis-moi, te rendras-tu ?
Suis-je vainqueur enfin? ou bien suis-je vaincu ?
J'ai voulu te prouver qu'à la belle harmonie
L'homme doit préférer la belle poésie;
Que des vers bien tournés les attraits séducteurs,
Plus que les beaux accords, savent charmer nos cœurs;
Et qu'enfin, en dépit de sa muse divine,
Mozart, le grand Mozart est moins grand que Racine!
    Dieu de la poésie et dieu de la clarté,
Jette sur mon pays des regards de bonté !
Fais revivre les temps où, fécond en miracles,
Le poëte inspiré prononçait des oracles!...
O siècle de grandeur ! des siècles le plus beau,
Qui vit briller Corneille, et Racine, et Boileau,
Gloire à toi !... de tes jours, la poésie, en France,
Était dans tout l'éclat de sa magnificence!
Aujourd'hui!... Mais que dis-je! Ah! ne nous plaignons pas!
Le dieu des vers n'a point déserté nos climats;

En poëtes la France est encore fertile,
Et, sans compter Gilbert, ni le charmant Delille,
Malfilâtre, Ducis, Fontanes, Legouvé,
Ni le doux Millevoye, aux lettres enlevé,
Combien de noms fameux, par plus d'un bel ouvrage
Ont droit à nos respects, ont droit à notre hommage!
Je regarde au hasard... et devant moi déjà
L'auteur de Marius et l'auteur de Sylla
Se présentent!... Quel bruit près d'eux se fait entendre?
Est-ce toi, Lemercier? Quels pleurs viens-tu répandre?
Du lugubre Shakspear réveillant les horreurs,
Viens-tu de Jane-Shore épouvanter nos cœurs?
Soumet, je t'aperçois! quel tragique nuage,
Quel chagrin poétique est peint sur ton visage!
Étienne, à tes côtés je vois assis Duval.
Picard te joint, Picard te nomme son égal!
Mais qu'entends-je? Quels sons! ah! mon cœur le devine
C'est l'homme des pensers! c'est le doux Lamartine!
Sur le rouleau qu'il tient je lis : « A lord Byron : »
Je vais... mais il se perd dans le sacré vallon!...
A sa fuite mon cœur malgré soi se résigne!
—Que vois-je?... Ah! c'est bien toi, généreux Delavigne;
C'est toi qui sur ta lyre, ébloui, transporté,
Chantes en si beaux vers la *sainte liberté!*...
Qu'en tous lieux, de lauriers, on tresse des guirlandes!
Des mains de tes amis reçois-les en offrandes!
Et qu'à tous ces lauriers mes chants admirateurs
Ajoutent, s'il se peut, quelques modestes fleurs!

PARIS. — DE L'IMPRIMERIE DE RIGNOUX,
rue des Francs-Bourgeois-S.-Michel, n° 8.